1910 - Avril - 29

(N° 210)

COLLECTION DE FEU M. LOUIS PÉRICAUD

Vente des 29 et 30 Avril 1910

HOTEL DROUOT — SALLE N° 6

Mr PÉRICAUD

N° 195 du Catalogue.

PEINTURES
SCULPTURES — DESSINS
ESTAMPES & LIVRES
RELATIFS AU
THÉATRE

Me ANDRÉ DESVOUGES. MM. LOYS DELTEIL & E. JOREL.

FRAZIER-SOYE
GRAVEUR - IMPRIMEUR
153-157, Rue Montmartre
PARIS

CATALOGUE

DES

PEINTURES

DESSINS

SCULPTURES — ESTAMPES

AFFICHES

PROGRAMMES — LIVRES

ETC.

Composant la Collection de feu M. L. PÉRICAUD

Dont la vente aura lieu

à Paris, HOTEL DROUOT, SALLE N° 6

Les 29 et 30 Avril 1910

à 2 heures précises

Par le Ministère de Mᵉ ANDRÉ DESVOUGES,

COMMISSAIRE-PRISEUR

26, Rue de la Grange-Batelière

Assisté de MM.

LOYS DELTEIL	EUGÈNE JOREL
EXPERT	LIBRAIRE
2, Rue des Beaux-Arts.	3, Rue Bonaparte

EXPOSITION PUBLIQUE A L'HOTEL DROUOT

Le Jeudi 28 Avril 1910, de 2 h. à 6 heures

CONDITIONS DE LA VENTE

Elle sera faite au comptant.

Les adjudicataires paieront *dix pour cent* en sus des enchères.

M. E. Jorel, 3, rue Bonaparte, remplira exclusivement les commissions que voudront bien lui confier les amateurs ne pouvant y assister.

Exposition publique, Hôtel Drouot, Salle N° 6, le *Jeudi 28 Avril 1910.*

ORDRE DES VACATIONS :

Le Vendredi 29 Avril 1910 . . . . Nos 1 à 189.
Le Samedi 30 Avril 1910 . . . . . Nos 190 à la fin.

SPECTACLE GRATIS

N° 210 du Catalogue.

DÉSIGNATION

SCULPTURES

1. *Achard*, acteur (1808-1856). Buste terre cuite, signé : *Flosi*.

2. *Bouvier* (Alexis), romancier. Buste plâtre, signé : *Bouret*.

   Haut. 0,38.

3. *Bouffé* (Marie), 1800-1880, acteur, né à Paris. Médaillon plâtre. Signé *Clauteaux*, 1832, cadre bronze doré.

   Diam. 0,075.

4. *Bouffé*. Bronze signé *Losi* 1853 — Le même personnage. Médaillon signé *Fanny Dubois-Davesnes*, 1855.

5. *Balzac*. Buste plâtre, signé *Chardigny*.
Haut. 0,13.

6. *Coquelin* (aîné), dans le rôle de Scapin, terre cuite coloriée.
Haut. 0,32.

7. *Coquelin* (cadet), disant un monologue. Portrait-charge, en terre cuite coloriée.
Haut. 0,32.

8. *Darcier* (Joseph), chanteur et compositeur, 1820-1883. Buste plâtre.
Haut. 0,83.

9. *Dailly*, charge terre cuite coloriée, signé *Bourbier*.
Haut. 0,25.

10. *Daubray*, l'acteur du Palais-Royal, terre cuite.
Haut. 0,25.

11. *Deburcau*, artiste mime. Trois sculptures. Haut relief, médaillon plâtre et bois sculpté.

12. *Mlle Déjazet*, dans l'un de ses rôles. Statuette bronze.

13. *Dumersan*, auteur dramatique, 1780-1849. Buste plâtre, signé *Dantan jeune*, 1841.
Haut. 0,23.

14. *Frédérick Lemaître*, rôle de Robert-Macaire, dans l'*Auberge des Adrets*. Statuette terre cuite.

15. *Fugère*, rôle de Bartholo, terre cuite coloriée.
Haut. 0,24.

16. *Mlle George*, par David d'Angers. Bronze.

17. *Grisi* (Guilia), célèbre cantatrice, 1811-1869. Peint sur ivoire, médaillon ovale. Cadre en bois.
H. 0,12. L. 0,10.

18. *Guilbert* (Yvette). Charge terre cuite polychrome.
Haut. 0,35.

19. Portrait charge de *Hyacinthe*, en pied. Terre cuite coloriée, signé *Bourbier*.
Haut. 0,32.

20. *Julie Martelleux*, de la Comédie Française, par Pradier. Médaillon.

21. *Lassouche*, charge terre cuite coloriée, signé *Bourbier*.
Haut. 0,25.

22. *Paulin Menier*, rôle de Chopard, dans le *Courrier de Lyon*, statuette en ivoire. Socle en bois sculpté.
Haut. 0,09.

23. *Paulin Menier*, dans le *Courrier de Lyon*, rôle de (Chopard dit l'Aimable), pot à tabac grès verni.
Haut. 0,32.

24. Portrait charge de *Paulin Menier*, en pied. Terre cuite coloriée.
Haut. 0,29.

25. Portrait de *Polin*, le chanteur populaire, en militaire, terre cuite.
Haut. 0,30.

26. *Provost*, de la Comédie Française, médaillon signé *F. Huot* 1859 et portrait en pied. Terre cuite. Deux pièces.

27. *Rachel*, 1840. Médaillon signé : *Alf. Baron*.

27 *bis*. Médaillon de Rachel. Plâtre peint en 2 tons.

28. *Rachel*, bronze signé *F. Bogino*.

29. *Rachel*, buste signé *Bulio*.

30. *Rachel*, buste plâtre, signé *Chardigny*, 1853.
Haut. 0,14.

31. *Rachel*, buste signé *Buhot*.

Haut. 0,13.

32. *Rachel*, statuette porcelaine, signée *A. Barre*.

33. *Talma*, buste signé *Chardigny*.

Haut. 0,13.

34. *Ulysse Bessac*. Médaillon plâtre, signé *J. Levasseur*, 1879.

35. *Vital Dubray — Beauvallet — Rachel — Pasta — Mlle George — Provost — Coutard*. Sept médaillons.

36. Portraits d'artistes (36), dans leurs principaux rôles, terre cuite polychromée.

Haut. des statuettes 0,08 et 0,12.

Curieuse Collection

Fr. Lemaitre, Bardou, Hyacinthe, Baruilhet, Sainte Foy, Amant, Bouffé, Provost, Neuville, Grassot, Ravel, Arnal, Serres, Ligier, Levassor, Tousez, Sainville, Geoffroy, Odry, Adrien, Duprez, Alexandre Dumas.

37. Portrait d'acteur, rôle de *Triboulet* du *Roi s'amuse*, de V. Hugo. Terre cuite.

Haut. 0,43.

38. *Musulmans*, 8 statuettes en terre cuite coloriée, représentant des Musulmans, en prière, assis, debout.

Haut. 0,08.

39. Reliquaire.

AFFICHES

---

40. Académie Royale de musique. — Réunion de 4 affiches : Tarare Nina, 4 janvier 1822 — Tarare, La Dansomanie, 9 janvier 1822 — Tarare, Psyché, 18 janvier 1822 — Œdipe à Colone, Manon Lescaut, 5 mai 1830. (Les trois premières pièces sont déchirées).

41. Théatre Français. — Réunion de 6 affiches pour ce théâtre : Une liaison, Jeune mari, 13 mai 1834 — Une liaison, l'Education ou les deux Cousines, 14 mai 1834 — Passion secrète, Edouard en Ecosse, 15 mai 1834, 2 exemplaires — Une chaîne. la Jeunesse de Henri V, 5 février 1842 — Misanthropie et repentir, un procès criminel, 26 septembre 1842.

42. Théatre Français. — Réunion de 6 affiches pour ce théâtre : Esther, la Mère rivale, 29 décembre 1821 — Tyran domestique, la Jeunesse de Henri V. 4 janvier 1822 — Sylla, le Babillard, 5 janvier 1822 — Le Dissipateur, le Malade imaginaire, 9 janvier 1822 — Misanthropie et repentir, Dépit Amoureux, 25 avril 1822 — Mari à bonnes fortunes ou la leçon, Grondeur, 6 octobre 1824.

43. Second Théatre Français et Théâtre Royal de l'Odéon. — Réunion de 4 affiches : L'Homme à

bonnes fortunes, un moment d'imprudence, 18 novembre 1823 (mauvais état) — L'Intrigue épistolaire, Fouberies de Scapin, 22 novembre 1823 — Luxe et indigence, moment d'imprudence, des Distraits, 4 mars 1824 — Zemir et Azor, la Petite Ville.

44. GYMNASE DRAMATIQUE, Théâtre de S. A. R. Madame. — Réunion de 4 affiches pour ce théâtre, 1823-1824.

45. THÉATRE DE LA PORTE SAINT-MARTIN. — Réunion de 6 affiches de pièces représentées à ce théâtre, de 1822 à 1830 : Petites danaïdes ou 99 victimes — Tailleur de Jean-Jacques — la Leçon d'amour, la Petite Candide, Commissionnaire Jane Shore, l'Amour et l'Appétit, Jocrisse Paria, Jocko ou le Singe du Brésil — Monstre et le Magicien Robert, chef de brigands, etc.

46. THÉATRE DU VAUDEVILLE. — Réunion de 5 affiches pour ce théâtre : Les plaisirs et l'hospitalité, Arlequin journaliste, le Pari, 22 frimaire an VI — Du gueux ou la parodie du paria, la Solliciteuse, Partie carrée, 29 décembre 1821 — Vadeboncœur ou le retour au Village, 25 avril 1822 — Le Courrier des théâtres, 18 mars 1827 — Un Grand Criminel, 25 juillet 1841.

46 *bis*. Affiche pour les *Fugitifs*, par E. Vernier. Epreuve *avant la lettre*.

46 *ter*. THÉATRE DE RENNES. Kean par Alexandre Dumas, Frédérick Lemaitre, rôle de Kean. Mardi 9 juillet 1839. Affiche encadrée.

47. RÉUNION DE 12 AFFICHES DE THÉATRES DE PROVINCE. — Redoute par les Comédiens français et italiens, 24 janvier 1787 — Théâtre de Versailles, 1817 — Grand théâtre, 1810 — Théâtre de Calais, vers 1820, 2 affiches — Théâtre de Rodez, vers 1820, 2 affiches — Théâtre de Fontainebleau, 1832, 1 affiche, etc., etc.

48. AFFICHES et PLACARDS divers, la plupart illustrés. 60 pièces environ.

49. AFFICHES ILLUSTRÉES relatives au théâtre, 50 pièces de Rochegrosse, Barbizet, Chéret, Barrère, Borda, Buval, Leroy, Aucourt, Lemarquier, etc., etc.

50. AFFICHES ARTISTIQUES. — 35 pièces relatives au théâtre, par V. Coindre, A. Em..., Chatinière, H. Meyer, Loray, Aucourt, Ibels, Fraipont, Willette, etc., etc.

51. THÉATRES DE PARIS. — Réunion de neuf affiches diverses dont : 1 Opéra-Comique 1822 — 2 Théâtre royal italien 1822-1830 — 1 Théâtre des Variétés 1823 — 2 de la Gaîté 1823 — 1 Cirque Olympique 1824 — 1 Théâtre de la Montansier 1849 — 1 Ambigu-Comique 1805.

52. THÉATRES DIVERS DE PARIS. — Réunion de 10 affiches ou pièces relatives au théâtre.

53. Réunion de 110 affiches de théâtre imprimées par Morris, période de 1850 à 1890.

54. *Affiches et Placard* officiels, circulaires, décrets, etc., 30 pièces anciennes et modernes.

55. *Affiches et Placards illustrés* relatifs au théâtre, 120 pièces.

55 *bis*. Sous ce numéro seront vendus plusieurs lots d'affiches illustrées et affiches diverses.

56. *Photographies*. — Sous ce numéro, on vendra de nombreux portraits d'acteurs et d'actrices et plusieurs albums contenant de nombreuses photographies d'artistes.

PEINTURES, AQUARELLES, DESSINS, etc.

ABEILLÉ (Jack)

57. L'Attente. Plume et aquarelle, *avec dédicace*. Sous-verre.

AMBIGU

58. Louis Péricaud (dans les Mystères de Paris, rôle de Pipelet). Dessin au fusain, signé et daté F. Walter, 1887. Encadré.

H. 0,47. L. 0,32.

58 *bis*. Portraits de M. Louis Péricaud. Rôle de Pipelet. (Mystères de Paris) et de Mme Péricaud (dans Nana). 2 aquarelles signées et dédicacées. Encadrées.

59. Louis Péricaud, par F. Walter. Préparation de peinture. *Signée*.

60. Louis Péricaud, crayon (dans la pièce de " Casse-Museau "). Sous-verre.

61. Mme Honorine Péricaud, dans un rôle personnifiant l'Amérique. Aquarelle.

62. Mme Honorine Péricaud (dans les Mystères de Paris, rôle de La Chouette). Dessin au fusain, signé et dédicacé. Encadré.

H. 0,47. L. 0,32.

63. *Mlle Angot au Sérail de Constantinople, 3e acte.* Aquarelle. Sous-verre.

BARIC

64. *Théâtre des Funambules?* Aquarelle, représentant des acteurs Paul Legrand, Vautier, Tissier, etc. Encadrée.

H. 0,20. L. 0.31.

65. Bernard-Léon, dessin par Vigneron. Encadré.

BERTIN (Emile)

66. Le Vieux Couple, dessin, fusain et sanguine, rehaussé de gouache.

H. 0,37. L. 0,31.

67. Décor du 3e acte de " Scarron ", peinture sur carton, signée et dédicace. Encadrée.

BOILLY (précédemment attribué à L.)

67 *bis.* Scène du " Dîner de Madelon ", au théâtre du Vaudeville, rue de Chartres, représentant M. M. Guillaume et Lepeintre aîné dans cette pièce. Peinture. Encadrée.

H. 0,68. L. 0,73.

E. BOSSOLI

68. Marine, signée. 1859. Encadrée.

BOUCHARDY

69. Portrait de Femme.

70. Bourdin, dessin par Et. Carjat, 1858, dédicace.

BOURGOIN (D.)

71. Le Chemin au village. Aquarelle. Signée. Sous-verre.

CAIN (Henri)

72. Un Cardinal. Dessin au crayon bleu : *Souvenir des répétitions de Callet.* Sous verre.

CARJAT (Etienne)

73. Son portrait par lui-même, dessin au crayon noir. Sous-verre.

H. 0,21. L. 0,13.

CHAM (?)

74. Portrait-charge avec la légende " Cham à l'âge de 5 ans ". A la plume. Sous-verre.

H. 0,28. L. 0,18.

CHOUBRAC

75. Suite de 12 dessins, à la plume et l'aquarelle.

COMÉDIE FRANÇAISE

76. Bergeret, 2 dessins plume et aquarelle. Légionnaire romain — Femme romaine — Signé B. Encadré.

77. Coquelin cadet dans le *Malade imaginaire*, par Bernstamm. Statuette en biscuit.

78. Damas, artiste dramatique, par Henry Monnier. A la mine de plomb. Daté : *Nismes mars 1844.*

79. Daubray, aquarelle, par Emile Cohl.

80. Charles Debureau, dessin par Sauvanet, 10 décembre 1874.

81. Décor de théâtre, par Cicéri. Aquarelle. Sous verre.

DELAUNAY (J.)

82. Portrait en pied de Jolly. Aquarelle signée.

DURANDEAU (E.)

83. Portrait charge de Gounod. Aquarelle signée et datée. Encadré.

84. Portrait charge d'Henry Monnier. Aquarelle signée et datée. Encadré.

85. Portrait charge de Lassouche. Aquarelle signée et datée. Encadré.

86. Portrait charge de Ch. Lecocq. Aquarelle signée et datée. Encadré.

87. Portrait charge de Victor Hugo. Aquarelle signée et datée 1878. Encadré.

88. Portraits charges d'Alexandre Dumas père et fils. Aquarelle signée et datée 1876. Encadré.

89. Portrait charge de Jacques Offenbach. Aquarelle signée et datée 1876. Encadré.

90. Portrait charge de Victorien Sardou. Aquarelle signée et datée 1876. Encadré.

91. Portrait charge de Paulin Menier *(Courrier de Lyon)*. Aquarelle signée et datée. Encadré.

92. Portrait charge de Fr. Lemaitre (Robert Macaire). Aquarelle signée et datée 1876. Encadré.

93. Portrait charge de Th^re^ Barrière. Aquarelle signée et datée 1876. Encadré.

94. Portrait charge de Fr. Lemaitre, dans un de ses roles. Aquarelle signée et datée 1875. Encadré.

95. Portraits charge de deux acteurs. Aquarelle signée et datée 1877. Encadré.

96. Portrait charge de Déjazet Aquarelle signée et datée 1875. Encadré.

97. Portrait charge de Villemessant, directeur du *Figaro*. Aquarelle signée et datée 1878. Encadré.

DUVEAU (Louis)

98. Apothéose. Projet de rideau de théâtre, à la plume et encre de chine. Importante composition.
H. 0,70. L. 0,87.

ÉCOLE FRANÇAISE (Débuts du XVIIIe siècle)

99. Bal masqué sous la Régence. Importante composition. Cadre ancien, en bois sculpté.
H. 0,82. L. 1,02.

100. Portrait de Marie Magdeleine *Gaussin?* Pastel signé Baral? Date 1760. Cadre ancien.
H. 0,75. L. 0,62.

101. Portrait d'actrice au pastel. Encadré.
H. 0,62. L. 0,48.

102. Portrait d'acteur. Peinture. Encadré.
H. 0,78. L. 0,60.

103. Portrait de *Molé*, de la Comédie Française (rôle d'Almaviva), en buste de face, toile ovale. Peinture. Cadre ancien en bois sculpté. Le cadre porte les lettres L. P. D. Louis-Philippe d'Orléans, avec la couronne royale et un lambel.
H. 0,72. L. 0,58.

104. *Mlle Mars*. Son portrait en buste, de face. Peinture. Encadrée.
H. 0,73. L. 0,60.

ÉCOLE FRANÇAISE (Débuts du XIXe siècle)

105. Portrait d'Elleviou, chanteur français, en buste. Peinture. Cadre empire.
H. 0,65. L. 0,54.

FALIÈS (V.)

106. Un marché en Algérie. Peinture sur toile, signée. Encadré.

FERRI (A.)

107. Intérieur d'église en ruines, panneau signé et daté 1887. Encadré.

FONTALLARD (G.)

108. Neuf petits croquis à la mine de plomb, sur la même feuille. Signés et datés : 1846. Sous verre.

FOREST (Eug.) & DELARUE (F.)

109. Modes et Costumes, 4 aquarelles, dont 2 signées et datées P. Delarue, 1829. Quatre pièces portant le cachet de la vente Ciceri. Encadrées.

FRÉDÉRIC (J. B.)

110. Le Cascade dans la montagne. Gouache, 1886.

FUNAMBULES

111. Deburau et sa troupe, 2 pièces. Importants dessins à la mine de plomb et crayons de couleurs, signé et daté Dimier, 1858. Encadré.

H. 0,34. L. 0,59.

GILL (André)

112. Portrait charge de Victorien Sardou. (Pièce de Seraphine), agitant des marionnettes. « Mmes Pasca, Pradeau, Chapelard », dessin à la plume rehaussé. Signé. Encadré.

H. 0,31. L. 0,28.

113. Portrait en buste de face, de Courtecuisse dit *Désiré*. Toile ovale. Encadré. Au dos du cadre on lit la

mention suivante : Portrait de Désiré Courtecuisse, célèbre comique des Bouffes Parisiens, peint par André Gill, offert à L. Pericaud par son ami et camarade Etienne Rey, 6 février 1901.

H. 0,70. L. 0,60.

GIRAUD (Eugène)

114. Acteur tenant une épée. Dessin rehaussé d'aquarelle. Encadré.

115. Le Guitariste. Aquarelle. Signée.

GREVIN (A.)

116. « Fantasia », 2 dessins originaux, rehaussés, signés A. Grévin. Sous verre.

H. 0,19. L. 0,145.

GUTH

117. Portrait d'homme en pied. Aquarelle signée. Encadré.

H. 0,76. L. 0,43.

118. Hamburger du Théâtre des Variétés. Son portrait par lui-même, dessin rehaussé. Envoi de l'artiste, signé.

H. 0,315. L. 0,24.

LACAUCHIE (A.)

119. Portrait d'Odry, dessin mine de plomb, signé. Sous verre, avec légende manuscrite d'Odry, envoi à Cogniart.

H. 0,22. L. 0,14.

LAMOUCHE ?

120. Portrait de Numa, dans le rôle de Lavater. Dessin à la mine de plomb. Encadré.

H. 0,295. L. 0,200.

121. Langlois, dans divers rôles. Six peintures.

122. La Rochelle (Vue du port de), peinture signée Roberti. Encadré.

LEANDRE (C.)

123. Théâtre de la Presse, grand mélimélo, drame historique. Beau et important dessin au crayon noir, avec légende manuscrite de l'artiste, signé et daté 1898. Encadré.

H. 0,315. L. 0,415.

LEPIC (Comte)

124. Marine. Aquarelle gouachée. Encadrée.

H. 0,22. L. 0,32.

125. Marine. Gouache, *signée : Lepic Naples 1870*. Encadrée.

126. Levassor, par Th. Senties. Crayon noir, *signé*. Sous verre.

127. *L'Héritier* — Acteur du théâtre du Palais Royal, dessin original, à l'aquarelle. Signé des initiales et daté 1872. Encadré.

H. 0,165. L. 0,26.

128. *L'Héritier* — Portrait de Grassot dans le « Banc d'Huîtres », mine de plomb. Encadré.

H. 0,295. L. 0,185.

129. *L'Héritier* — La troupe du Théâtre du Palais-Royal, de 1831 à 1879. Aquarelle représentant les portraits charges de 40 artistes de ce théâtre. Encadrée.

H. 0,46. L. 0,63.

LORSAY (Eustache)

130. René Luguet, du théâtre du Gymnase, dessin à la mine de plomb. Sous verre.

H. 0,22. L. 0,135.

131. Mélingue (Portrait présumé de), en buste de trois quarts à gauche. Toile signée : *Duquesne*, 1856.

MONNIER (Henry)

132. L'Acteur Félicien. Dessin aquarellé par H. Monnier, signé et daté : *Bruxelles Août 1853*. Sous verre.

133. Félicien, dans un rôle. Aquarelle par Henry Monnier, datée de Bruxelles 1853.

134. Le Cabriolet. Portrait charge, plume et aquarelle signée : *Henry Monnier, Lille février 1833*. Encadré.

H. 0,125. L. 0,19.

135. Joseph Prudhomme. Dessin à la plume, signé : *Henry Monnier 1856*.

NANTEUIL (Célestin)

135 *bis*. Etude d'enfant, dessin à la mine de plomb (cachet de la vente). Sous verre.

H. 0,185. L. 0,265.

NOBLE (J. L.)

136. Portrait de Pradet, fusain avec rehauts de blanc, signé et dédicace. Sous-verre.

H. 0,44. L. 0,34.

NOBLE — PIJEAUD

137. Nature morte, signée et datée 1880. Peinture. Encadrée.

H. 0,45. L. 0,68.

NOBLET

138. Groseilles à grappes. Peinture. Encadrée.

NOGUEZ

139. Portrait de Mlle George Weymer. Dessin au crayon noir, rehaussé, signé. Encadré.

H. 0,21. L. 0,17.

PORTE-SAINT-MARTIN

140. Portrait de Louis Péricaud dans " Sabre au Clair". Dessin à la mine de plomb. Signé J. Verchère. Encadré.

H. 0,61. L. 0,47.

PORTRAITS DIVERS

141. Rosalie — Laferrierre — Droin — Binet — Maresco, 8 aquarelles attribuées à Martin.

142. Mme Volnys — Mlle Clarisse, dans la *Grâce de Dieu*. Deux dessins à la mine de plomb, par Lacauchie. Signés. Sous-verre.

143. Portrait d'Enfant. Crayon noir, de forme ovale. Signé et daté : J. L. Noble, 1864. Encadré.

H. 0,51. L. 0,40.

PORTRAITS D'ACTEURS

144. Bressant — Samson — Regnier — F. Lenoir — Grassot — Melingue — Paulin Menier — Laferrière, etc. Suite de 14 portraits à l'aquarelle, par A. Ormancey, rehaussés de gouache, découpés et réunis sous un même cadre.

145. Portraits-charges d'acteurs (8). Dessins à la mine de plomb, avec légers rehauts de blanc. Encadrés.

H. 0,57. L. 0,43.

146. Portrait d'un diplomate, en buste 3/4 à droite, signé Charon. L'Emérillon 1848. Toile ovale. Encadré.

H. 0,80. L. 0,65.

OPÉRA-COMIQUE

147. Incendie de ce théâtre, 25 Mai 1887. Peinture signée *Molin*. Encadrée.
H. 0,55. L. 0,38.

PALAIS-ROYAL

148. Portrait de Grassot, par Lhéritier, aquarelle. Sous-verre.
H. 0,175. L. 0,12.

PARIS

149. Pont de l'Estacade, aquarelle, signée et datée : *C. Damour*, 1884. Encadrée.
H. 0,29. L. 0,22.

PENGUILLY — L'HARIDON (O.)

150. Etude d'affiche pour le Théâtre des Funambules. Dessin à la plume, signé O. P.
H. 0,185. L. 0,130.

ROMITTI

151. Au Cabaret, 1882. Peinture. Signée. Encadrée.

SAND (Maurice)

152. *Masques et bouffons*. Dessins à l'aquarelle, 6 pièces, signées. Sous-verre.
H. 0,29. L. 0,22.

153. Taglioni (Mlle). Célèbre danseuse de l'Opéra. Peinture sur zinc.
H. 0,27. L. 0,26.

154. Le Bon Taylor, en costume oriental, dessin à la mine de plomb, par A. Dauzats. Timbre de la vente. Encadré.

155. Mme Thenard, d'après le tableau du foyer de la Comédie-Française. Dessin au crayon noir, par Alphonse Lenoir. Encadré.

THÉATRE FRANÇAIS

156. Onze petites aquarelles, pour le Théâtre de Molière, réunies sous un même cadre.

N° 192 du Catalogue.

VOGEL

157. Mlle Carabin, dessin à la plume et encre de chine.

THÉATRE NATIONAL

158. Composition pour la pièce *Henri IV*. Aquarelle rehaussée de gouache. Petit fecit. Encadrée.
H. 0,42. L. 0,30.

159. Coupe d'un théâtre — Ombres chinoises humoristiques. Dessins plume, encre de chine. Encadrés.

THIAUCOURT (P.)

160. Nature morte. Peinture. Signée et dédicace. Encadrée.
H. 0,23. L. 0,38.

161. Vue du Port de Marseille, gouache. Signée, datée et dédicace : Eugène Apy, 1870. A L. Péricaud, Souvenir de bonne amitié. Encadrée.
H. 0,28. L. 0,45.

162. Weimer, père de Mlle George, portrait à l'aquarelle, médaillon ovale. Encadré.
H. 0,17. L. 0,13.

163. Etude peinte, par F. Walter, signée, panneau.
H. 0,31. L. 0,23.

164. Chasse au Canard sauvage. Peinture, encadrée.

165. *Portrait d'acteur*, au crayon noir avec rehauts de blanc (Ch. Colas). Encadré.
H. 0,60. L. 0,45.

166. Marine. Gouache, signée et dédicacée : R. Ponson, à M. L. Péricaud, Souvenir affectueux. Encadrée.
H. 0,35. L. 0,44.

167. Ecran et éventails relatifs au Théâtre, 3 pièces.

168. Quinze pièces sous-verre ou encadrées, la plupart relatives au Théâtre.

169. Sous ce numéro, il sera vendu quelques peintures, médaillons et objets divers, non catalogués.

LIVRES

---

170. *Alliès (P. A.).* Une ville d'Etat — Pézenas au XVIe et XVIIe siècles. Paris, s. d. gr. in-8 br. — *Manne et Ménétrier.* Galerie Historique des comediens de la troupe de Nicolet, 2 vol. dont un en dem-maroq. à coins, tête dor. non rogn. et l'autre br. Ensemble 3 vol.

171. *Art (L') du Tréâtre.* Revue mensuelle Théâtrale paraissant mensuellement, de l'origine N° 1 au N° 66, Juin 1906. Manque 6 numéros.

172. *Campardon.* Les Spectacles de la Foire. Paris, 1877, 2 vol. gr. in-8 dem. chagr. tête dor. non rogn.

173. *Galerie Théâtrale* ou collection des portraits en Pied des principaux acteurs des premiers théâtres de la capitale. Paris, Bauce, s. d. 2 vol. dem.-chagr. Reliure usagée. Tome II et III seuls.

174. *Illustration (L') théâtrale.* 88 pièces in-4 avec leurs couvertures.

175. *Journal de la Seconde Législature* de politique et de littérature faisant suite au Journal du Soir rédigé par *Et. Feuillant*, 2 Octobre 1791-31 Août 1792, 344 numéros — *Journal de France* rédigé par *Etienne Feuillant*, 21 Septembre 1792 au 6e jour complémentaire An VII, 1537 numéros —

Journal du Soir de politique et de littérature, des frères Chaignieau. Du N° 669. 1er Germinal An VIII au N° 1215, 5e jour complémentaire An IX. 19 vol. in-4 rel. dem. rel. de l'époque. Journaux rares et recherchés.

176. *Larousse (Pierre).* Grand dictionnaire universel du XIXe siècle. 17 vol. in-4 dem. rel.

177. *Levacher de Charnois.* Costumes et annales des grands théâtres de Paris, 1786-1789. 4 vol. in-4° dem. rel. — Année 1786. Manque le titre, une livraison et 4 pp. — 1787. Manque la première partie et le titre de la seconde — Les trois années n'ont que 91 gravures sur 144, dont quelques-unes courtes de marge. On y a ajouté 18 gravures doubles.

178. *Lettres de faire part.* Environ 240. Lettres : Auteurs dramatiques, Artistes dramatiques, Directeurs de théâtre.

179. *Littré.* Dictionnaire de la langue française, 5 vol. in-4 dem. chagr. noir.

180. *Mayeur de St-Paul.* Le Chroniqueur désœuvré ou l'espion du boulevard du Temple, 2 vol. — Le Vol plus haut ou l'espion des principaux théâtres de la capitale, 1 vol. — Almanach général des spectacles de Paris et de la Province pour les années 1791-92, par Froulé, 2 vol. in-18 (différence dans la reliure). Ensemble 5 vols.

181. *Oursin (L')* Journal blindé ; fabricant de pointes L'Oursin, fils de l'origine (22 février) au 16 novembre 1867 — 44 numéros en 1 vol. in-fol. cart. Manque les nos 28 et 29.

182. *Robida (A.)* Le Cœur de Paris, in-4 br., couvert. ill.

183. *Soubies (Albert).* Histoire de la Musique — En Hollande, 1 vol. — En Espagne, 2 vol. — En Belgique, 1 vol. — Aux Iles britanniques, 2 vol.

Aux Etats Scandinaves, 1 vol. Ensemble 7 vol. in-18 br.

184. *Théâtre (Le).* Revue mensuelle illustrée, Paris, Goupil. De l'origine, 1898 à 1909. 260 numéros avec leurs couvertures de livraisons.

185. Partitions *Carmen*, Opéra en 4 actes, tiré de la nouvelle de Prosper Mérimée, poëme de H. Meilhac et L. Halévy, musique de Georges Bizet — petit in-4 dem. rel. chagr.

186. Partitions *Opéras Bouffes*. 13 partitions petit in-4 reliées. Orphée aux Enfers — Les Georgiennes — Les Brigands — Barbe-Bleue — La Princesse de Trebizonde — Le Château à Toto — Mazeppa — La Périchole — La grande Duchesse — Le Petit Faust — La Diva — La belle Hélène — Le Grand Mogol.

187. Partitions *Opéras-Comiques*. 10 partitions petits in-4°, rel. et brochées. — Haydée — Le Moulin Joli — Les Noces de Jeannette — Ma tante Aurore — L'Etudiant pauvre — Les Cloches de Corneville — Le Roi de Carreau — Rip-Rip — Les Noces d'Olivette — La Jolie persane.

188. Partitions *Opérettes* reliées en 17 vol., petits in-4. La famille Trouillat (2) — La famille à Papa — Une Revue à Trepigny les Oursins — M'zelle J'Ordonne — La Robe de Saint-Flour — Jean qui pleure et Jean qui rit — Les deux mauvaises bonnes — Les Jumeaux de Paimpol — Le Cornette — Le Serment de Mme Grégoire — Coco Bel-Œil — Les Chevau-Légers — Une fille à Trucs — Une mariée au Bloc — Avant la Retraite Madame le Docteur, etc., etc., etc.

189. Sous ce numéro on vendra 1000 volumes et brochures. Romans. Ouvrages sur le Théâtre. Journaux. Menus. Programmes, etc.

ESTAMPES

ET

DESSINS

ADRESSES

190. *Laroche inventeur et fabricant de nouvelles Cuisines économiques... 18 janvier 1833*, lith. par Malenfant. Très rare.

ALBERT (Alfred)

191. Costumes pour *Marianne*, la *Bouquetière des Innocents*, les *Chercheurs d'or*, etc., 31 aquarelles, la plupart *signées*.

ALIX (P. M.)

192. Mlle Maillard, du Théâtre des Arts, d'apr. Garnevay.

193. Baptiste aîné. Epreuve *imp. en couleurs* (sous-verre).

AMBIGU-COMIQUE

194. ... *Jugez de mes Regrets! Dernière Scène des Adieux de l'Ambigu-Comique le 31 Décembre 1784*. Très belle épreuve. Rare.

194 *bis*. Vue du Théâtre de l'Ambigu-Comique, par Roger, d'apr. Testard, *imp. en couleurs.*

195. Mr Péricaud, lithographie, par Ringue.

196. *Les Coulisses de l'Ambigu-Comique. On donne les Chasseurs et la Laitière* (chez Martinet), *coloriée* — Ménier, rôle de Charles, dans l'*Inconnu* — Une Queue au théâtre de l'Ambigu, par Guérard. Quatre pièces.

197. Matis, dans divers rôles, 7 dessins rehaussés d'aquarelle.

198. Les Mystères de Paris, d'Eug. Suë. Portraits des principaux personnages de la pièce, tirage à part. Encadré.

199. Affiche pour « l'Auberge des Adrets », représentation du Samedi 11 Juillet 1829. Encadrée.

200. Mlle Prosper, dessin à la mine de plomb, par Ch. Vernier. Signé et daté : *août 1842.*

201. Portraits, scènes et vues, 60 pièces y compris plusieurs dessins.

202. Portraits et scènes, 70 pièces.

203. Portraits et scènes diverses, 98 pièces.

BALLUE (H).

204. Costumes de Théâtre, 39 aquarelles, la plupart signées des initiales H. B.

BALS

205. Bals d'artistes, 8 pl. (Hautecœur-Martinet) — Bal Musard, 3 pl. — Bals fashionables de l'Opéra, 7 pl. etc. Ensemble 18 pièces.

BARBIERS

206. *Le Premier et incomparable moulin à raser toutes les têtes à barbe et à cheveux* (à Paris, chez Basset). Belle épreuve, *coloriée*. Rare.

Benjamin ROUBAUD

207. *Grand Chemin de la Postérité*. Grand Opéra. — Corps de ballet — Italiens Opéra-Comique — Variétés — Palais-Royal — Vaudeville — Gymnase. — Tragédie, Comédie, Drame, Melodrame, Cirque Olympique, Champs-Elysées 2 suites en 4 pièces obl. épreuves Coloriées.

208. *Grand Chemin de la Postérité* lith de Benjamin Roubaud. Suite des Auteurs romantiques litterateurs, poètes, romanciers, etc. Epreuve coloriée en 2 pièces obl.

209. *La même* suite en noir.

BOILLY (L).

210. Spectacle gratis — L'Effet du mélodrame. Deux pièces. Belles épreuves, *coloriées*.

BOUFFES-PARISIENS et RENAISSANCE

211. Portraits, scènes, etc., 170 pièces diverses.

CAFÉS de PARIS

212. *Portraits fidèles des maisons à la Mode : La Belle Limonadière ou le Café des mille Colonnes*. Belle épreuve.

CALICOTS (Estampes sur les)

213. *Autre tems autre.... Calicot, 1817* — *Mr Calicot se faisant ramasser aux Montagnes des Variétés* Calicot au Champ d'Honneur — Prenez y Garde ! ! ! — Emballage des Calicots. Cinq pièces rares. Belles épreuves, *coloriées*.

CARICATURES

214. Caricatures et allégories relatives au Théâtre. Dix pièces *coloriées.*

215. Caricatures et allégories relatives au Théâtre. Dix sept pièces, la plupart *coloriées.*

N° 227 du Catalogue.

216. Caricatures et scènes relatives au Théâtre, 27 pièces.

217. Caricatures politiques et théâtrales, 53 pièces.

218. Caricatures politiques et sur les acteurs, par Gill, Alf. Le Petit, etc. 200 pl.

219. Charges et caricatures concernant le théâtre d'après Léandre, Guillaume, Sem, Cappiello, Dorville, extraites de journaux illustrés et revues 280 p. environs en 2 albums.

CARJAT (Et.) — HADOL (Paul)

220. Portraits-charges : Baudry, Courbet, Pierre Petit, Félicien David, G. Doré, Lachaud, etc. 38 pl.

CARTES POSTALES ILLUSTRÉES

221. Vues diverses de France et de l'étranger, Algérie, Tunisie, etc. cartes relatives au théâtre (Lavalière, Polaire, Coquelin aîné, Mayol, etc, portraits d'acteurs et d'actrices, environ 4.650 pièces en plusieurs albums.

CIRQUE IMPÉRIAL — CHATELET

222. Portraits, vues et scènes diverses, 75 pièces.

CHARGES

223. Charges d'acteurs et d'actrices, environ 175 pièces.

COCHIN Fils (C. N.)

224. Décorations du Bal paré et de la salle de spectacle donné à l'occasion du Mariage de Louis, Dauphin de France, 23 Février 1745, Deux pièces grand in-fol.

COMÉDIE-FRANÇAISE

225. Molière (J. B. Poquelin de), par P. M. Alix, portrait surmontant une scène du *Tartuffe*. Belle épreuve *imp. en couleurs* (sans marge). Encadrée.

225 *bis*. Molière, par Beauvarlet, d'apr. S. Bourdon. Belle épreuve.

226. J. J. Gimat de Bonneval, par J. B. Michel, d'apr. Huquier fils.

227. Mme Dugazon, par Monsaldy, d'après Isabey. Belle épreuve *imp. en couleurs*, *cachet* (piqûres).

228. M. Laruette — M. Laruette, dans les Vendanges de Surène. Trois pièces par Auvray et Ellevin, d'apr. Monnet et Le Clerc. Belles épreuves.

229. Mlle Raucour. Deux pièces par Le Beau et Ruotte. — Dubus de Préville, par Romanet. Trois piéces.

230. Mlle Mars, par H. Grevedon, 1825, E. Desmaisons, Vigneron, Charon, A. Colin, etc. 10 pièces.

231. *Talma n'est plus !...* — Promenade aimée de Talma — Portraits. Treize pièces par Belliard, Leroy, Michelin, Boissy, Girard, etc.

231 *bis*. Talma, 22 pièces par H. Meyer, 1818, G. de Galard, Charon, Bordes, Girard, etc.

232. Baron, par Daullé, d'après De Troy. Belle épreuve.

233. Dubos de Préville, par Romanet — Le Kain, par Levesque — Brizard, d'après Carmontelle — Le Kain, par Elliun. Quatre pièces.

234. Denis de Chanet Dessessarts, par N. Thomas, d'apr. Ingouf. Très belle épreuve.

235. Mme Préville, portrait surmontant une scène de *Marianne*, par J. B. Michel, d'apr. Colson. Belle épreuve.

236. Marie Dnmesnil, par Elluin — M. Molé, d'apr. Le Dru. Deux pièces.

237. Journée de Louis XII, par J. M. de Chénier, scènes des Pages et du Conseil. Deux pièces par A. Moitte, 1790. Très belles épreuves *coloriées* — Scènes du Barbier de Séville et du Mariage de Figaro, par Th. Fragonard. Ensemble, 6 pièces.

238. Duchesnois (Mlle), in-4 de forme ovale. Très belle épreuve *avant toute lettre*.

239. Duchesnois (Mlle), par Momal, de Valenciennes, 1808. Rare. Très belle épreuve.

240. Mlle Dupont, par H. Grevedon et Léon Noel. Deux lithographies, une *coloriée*.

241. Dazincourt — Durancy père — Barnault — Mlle d'Aubigny — Mlle Bassecourt — Mme Lagrange — Mlle Lalande — Mlle Ste Marthe — Mme Raucourt. Onze dessins, encre de chine et sépia, attribués à Allou, Joly, etc.

242. Mlle Clairon — Mlle Joly — Mlle Dupuyré — Mlle Duménil — Marguerite de Roussillon — Mlle Marina, etc. Douze aquarelles attribués à Martin.

243. Rachel, 9 pl. par L. Benoist, Riffaut, Salabert, H. Grevedon, etc.

244. Mme Dumont — Leclerc — Collé — Dubois, etc. Douze dessins anciens à la sanguine.

245. Le Beau — Valéran — Dusscher — Auguste, etc. Douze dessins aquarellés d'acteurs de l'Hôtel de Bourgogne, etc.

246. Mme Fleury — Mlle Girardin l'aînée — Mlle Gaussens, etc. Quatorze aquarelles, plusieurs attribués à Martin.

247. Molé — La Rive — Le Kain — Mlle Joly — Mlle George — Mlle Bourgoin — Mlle Duttré — Mlle Duchesnois — Adrienne Le Couvreur, etc. 35 pièces anciennes, plusieurs *imp. en couleurs* ou *coloriées*.

248. Actrices : Mlles Mars, Duchesnois, Rachel, Mante, Fix, etc. 52 pièces par divers artistes.

249. Le Misanthrope — Le Bourgeois gentilhomme — Molière et sa servante. Trois pièces grand in-fol., par Perret et Ledoux, d'epr. Mazerolle et E. Hillemacher. Sur chine.

250. Georges, rôle de Phèdre, par Leroy, *imp. en couleurs*.

251. Mme Grandville. Dessin à la mine de plomb, par Henry Monnier. Daté ; *16 avril 1841, Sens.*

252. Portraits et scènes. 23 pl. des XVIIe, XVIIIe et XIXe siècles, plusieurs *coloriées.*

253. Portraits (Rachel, Mlle Levert, Provost, etc.) et costumes, 35 dessins.

N° 251 du Catalogue.

254. Portraits, scènes, etc., 105 pièces diverses.

255. Portraits, scènes et pièces diverses, 130 planches.

256. Portraits, scènes et vues, 130 pièces.

257. Portraits, scènes de comédie, etc, environ 140 pièces anciennes et modernes.

258. Henri III et sa Cour, lith. par G. St Evre et Lafosse. 3 pièces, *une avant la lettre.*

259. Lucrèce et les Burgraves, charge par H. Daumier. Très belle épreuve. Rare.

260. Angélique Drouin, femme Préville, de la Comédie Française, par Devaux d'après Simonet.

261. M. Fleury, acteur et sociétaire du Théâtre français, par Leroy, d'après Pajou, encadré.

262. *Le Couvreur* (Adrienne), par Schmidt, d'après Fontaine. Cadre ancien en bois sculpté et doré.

263. Carjat : Portraits-Charges en pied, de Bressant et Brindeau. 2 lithogr.

264. Got. Aquarelle par Guth, signée et datée : 88 (1888).

265. Panoplie d'Armes, provenant de l'Incendie de la Comédie Française, avec certificat d'origine.

COSTUMES

266. Costumes militaires français, 48 chromolith. (A. Legras, éditeur) — *Eserciti Européi Schizzi Militari*, 18 pl. sous couverture, par Cenni.

267. Costumes pour le *Duc de Guise*, 12 pl. par Fauconnier, *coloriées*.

268. Costumes et travestis, par A. Devéria, 19 pl. *coloriées* (sauf une).

269. Costumes de théâtre, 21 planches.

270. Costumes divers, 64 planches.

271. Louis Pécour, Maître à Danser, par F. Chereau, d'apr. Tournière. Belle épreuve.

DANSE

272. Danseuse et Danseurs Chinois, 3 dessins rehaussés d'aquarelles, par P. Renausy, 1812. *Signés*.

273. Lola de Valence, par Ed. Manet. Belle épreuve.

274. Portraits et scènes relatifs à la Danse, 39 pièces, plusieurs rares.

275. Lot de 90 pièces relatives à la Danse.

DEBUCOURT (d'après P. L.)

276. Annette et Lubin, reproduction moderne.

DÉCORS

277. Décors de théâtre, 16 pl. anciennes et modernes.

278. Décors et salles de spectacles, 44 pl. anciennes et modernes.

279. Constitution Française (1791) — Acte constitutionnel — Constitution de la République (1795) — Charte (1814). Quatre lithographies, par A. Champion, *coloriées.*

280. Sujets divers, portraits, costumes, etc., 110 pièces.

DORÉ (Gustave)

281. Affiche de la *Légende du Juif errant.* In-fol.

EDEN-CONCERT — SCALA — EDEN-THÉATRE

282. Portraits, Costumes et travestis, 30 dessins, en partie aquarellés, la plupart *signés.*

FOIRE (Théâtre de la)

283. Mme de St Huberty — Mlle Allard, Bonnet, Auger, etc., 16 petits dessins, sanguine, plume et sépia.

FRAGONARD (d'après H.)

284. Les Pétards — Les Jets d'eau. Deux pièces, par Auvray, se faisant pendants. Epreuves de tirage postérieur.

FUNAMBULES

285. Affiche illustrée pour la *Révolte du Caire*, minodrame de M. Daniel, 6 mars 1851. — Portraits de P. Legrand, Pelletier, Ferdinand, Mme Lefèvre.

286. Portraits et scènes, environ 124 planches.

GAITÉ

287. Vues des Théâtres de la Gaité et de l'Ambigu Comique, 4 pl. par Janinet, E. Aubert, H. Berthoud, une *imp. en couleurs*, une autre *non terminée*.

288. Costumes de la Chatte-Blanche, 15 aquarelles, par Hadol et H. Ballere, *signées*.

289. Costumes pour Peau d'âne, 1863, 14 aquarelles par Draner, Hadol et L. Dieu — Gilbert Danglas, 1870, 11 aquarelles par S. Cladet. Ensemble 25 pièces.

290. Décors de *Paoli*, du *Mont-Sauvage*, du *Château de Loch-Leewen*, *Barbe-Bleue*, etc. Douze pièces, par Gué, Villeret et B. Petit. Très belles épreuves sur chine.

291. Mélingue — Pierron — Paulin Ménier, 4 dessins, 3 rehaussés d'aquarelles — Costumes, 5 dessins. Ensemble 11 dessins.

292. Costumes. scènes, portraits, 97 pièces.

GILL (André)

293. Portraits charges publiés dans la *Lune* et l'*Eclipse*, 115 pl.

GYMNASE

294. Lafontaine, dans *Brutus lâche César*, aquarelle par Hipp. Lazerges, 1854. *Signée*.

295. Portraits et scènes, 27 pièces (l'une d'elles porte une *dédicace de Léontine Fay*).

296. Fewille — Pradeau — Blaisot — Bressant, Costumes, etc., 25 dessins, la plupart rehaussés d'aquarelles.

297. Portraits et scènes, 24 pl.

HELMAN (J. S.)

298. Les grandes Journées de la Révolution Française, 15 pl., d'apr. Ch. Monnet (réimpression).

HUGO (Victor)

299. Dossier sur Victor Hugo.

JANINET et LE CAMPION

300. Théâtre de Elèves de l'Opéra, sur le Boulevard — Maison de Mlle Guimard — Vaux Hall d'été — Nouvelle salle de spectacle de Bordeaux — Théâtre de l'Opéra. Cinq pièces, *4 imp. en couleurs*.

JEUX

301. Nouveau Jeu des Théâtres de Melpomèna, Momus et Thalia (à Paris chez Basset).

301 *bis* La même pièce.

302. *Nouveau Jeu Instructif et Amusant* (contenant de nombreux portraits d'acteurs et d'actrices). (vers 1820). Très belle épreuve.

LA ROCHELLE (vues ne)

303. Vue du port de La Rochelle du Côté de la petite rive par J. P. Lebas d'après P. Garreau 1749. Belle épreuve ancienne collée sur carton.

304. Planches relatives à la ville et au port de La Rochelle, 17 pièces.

LEPIC. (Vte)

305. Programme, 2 états — Un Chien — Marine etc. Sept pièces.

LORSAY (Eustache)

306. Hermann — Léon — Scriwanek — G. Roger, etc. Cinq dessins à la mine de plomb, *signés* et *datés* : 1846 et 1848.

MINIATURES

ANONYME

307. Eve Hamilton. De forme ovale. Cadre cuivre.

ROSSI

308. Mme la Duchesse de Plaisance. Miniature de forme ovale, signée. Cadre cuivre orné.

MONNIER (H.)

309. Galerie Théâtrale, pl, 4, 5, 7, 11, 15 à 18, soit 8 pl. (4 coloriées).

MOREAU le jeune (J. M.)

310. Déclaration de la Grossesse — C'est un Fils Monsieur — Le Souper fin — La Petite Loge — Les Adieux, etc., 15 planches du *Monument du Costume*. (Mal conservées.

ODÉON

311. Incendie du Théâtre de l'Odéon, par F. Weber, épreuve *imp. en 3 tons.*

312. Vue du Théâtre de l'Odéon, par Aubert jeune, d'apr. Courvoisier, par Chapuy, Salattsé, etc. Sept pièces belles épreuves.

313. Lejeune, 1815. Dessin au crayon noir. — Edouard, dans la *Maison en loterie*, par J. B. Deux pièces,

314. Henri Monnier, par Gavarni, 3 épreuves d'états différents.

315. Costumes pour Macbeth, 1848 les Danicheff, et Mme de Maintenon. 18 dessins rehaussés d'aquarelles.

316. Portraits et scènes, 109 pièces.

OPÉRA

317. Billet d'Opéra : Loge du Prince Royal (Ferdinand, duc d'Orléans), par Bein et Leisnier, d'apr. A. Chenavard. Rare.

318. Vue du Théâtre des Elèves de l'Opéra, Boul. du Temple, par Roger, d'apr. Testard, *imp. en couleurs.*

319. Vues de l'ancien Opéra et projets d'Opéra. Incendie de l Opéra, 6 Avril 1763. 13 pièces.

320. Décors, 33 pièces.

321. Joseph Biancotelli, dit Dominique et *Arlequin*, gravé par N. Habert, d'apr. Ferdinand Elle. Très belle épreuve.

322. *Madame Grassini in the Character of zaira*, par S. W. Reynolds, d'apr. Mme Le Brun. Belle épreuve *imp. en couleurs*. Rare.

323. Decoration pour la Tragédie de Psyche, composée par le Ch^{er} Fouré. Belle épreuve *tirée en bistre.* Rare.

324. Marie Taglioni, célèbre danseuse. Neuf lithographies par Bouvier, 1839, Devéria, F. Courtin, F. Salabert, Alophe, etc. (2 coloriées).

325. L'Opéra en 1840 : masques de Derivis, Alizard, Massol, Duprez, etc., sur un fond formant encadrement. Platre stéariné.

326. Mlle Corail — d'Auberval — Mlle de Bauménars — Mlle Allard — Mlle La Roche. Douze dessins aquarellés, plusieurs attribués à Martin.

327. Mme Grassari — Mlle Chalier — St-Huberti — Mlle Rivière — Derivis — M. Nourrit — Dauberval, etc. 41 petits dessins à l'encre de chine ou rehausses d'aquarelle.

328. Mlle Deligny — Mlle Guillet — Mlle Lefèvre — Mlle Marcel, Mlle Maillard — Mlle Prault. Six aquarelles par Martin.

329. Gardel (Pierre), par J. Eymar, 1809 — Coulon, par Bourgeois de la Richardière, d'apr. L. Boilly — Album de l'Opéra, pl. 4, 14, 19, 21 — Hamlet — Coulisses de l'Opéra. Huit pièces.

330. Mlle Noblet — Elie, rôle de Polichinelle — Mme Lecomte — Mlle Maillard — Mlle Rochois — Fanny Essler, etc. 19 pièces.

331. Portraits, scènes et vues, 130 pièces.

332. Portraits et scènes, 145 pièces.

OPÉRA-COMIQUE

333. Mme de Saint-Aubin, par P. M. Alix, portrait surmontant une scène *d'Ambroise*. Belle épreuve *imp. en couleurs* (sans marges). Encadrée.

334. *Les Petits Savoyards* (pas de danse, par Mmes de St-Aubin et Renaud), par A. Le Grand. Belle épreuve, *coloriée*.

335. Saint-Aubin, de l'Académie royale de Musique, 1785. Dessin aux trois crayons. Encadré.

336. Mlle de Saint-Aubin, rôle de Cendrillon, 1805. Sépia. Encadrée.

337. Saint-Aubin, 9 croquis à la plume, avec rehauts, 8 *signés*.

338. Mlle Jawurek — Mlle Prevost. Deux pièces par Grevedon, épreuves *coloriées*.

339. Elleviou — Mlle Chenard — Mme de St Aubin — Mlle Beauvais, etc., 9 pièces y compris un dessin aquarellé.

340. Acteurs et actrices (Galerie Théâtrale, Galerie Dramatique, Correspondance Théâtrale, etc.) Vingt-trois pièces, en partie *coloriées*.

341. Portraits et scènes, 85 pièces.

342. Portraits et scènes, 102 pièces.

343. Acteurs et actrices, scènes, etc., 95 planches.

344. Portraits et scènes, 30 pièces.

345. Acteurs et actrices, costumes, vingt-et-un dessins ou aquarelles.

346. Incendie de l'Opéra Comique. Un lot.

OPÉRETTES

347. Giroflé-Girofla, La Camargo, etc. 45 pièces par A. Lamy. P. Mauson, etc.

PALAIS-ROYAL

348. Mlle Déjazet, 15 pl. par F. Leblond, Gavarni, etc.

349. Portraits-charges d'artistes : A. Touzez, Grassot, Hyacinthe, etc., 17 dessins aquarelles par Ormancey et autres.

350. Lassouche — Daubray — Luguet — Hyacinthe — Grassot — Brasseur — Gil Pérez — Achard, etc., 35 dessins par Draner, Legenisel, F. Desmoulin et autres, la plupart rehaussés d'aquarelle.

351. Portraits (Lhéritier, Grassot, Gil Perez, etc.), 35 dessins, en partie rehaussés d'aquarelle.

352. Portraits et scènes, 62 pièces.

353. Portraits et scènes, 120 pl.

354. Costumes du *Roi d'Amatibou*, 8 dessins par Hadol, rehaussés d'aquarelle.

355. Carjat — Portraits-charges, en pied, de Ravel, Gil-Perès et Achard. 3 lith.

PANORAMA DRAMATIQUE — JEUNES ARTISTES

356. Décors d'*Ali-Pacha*, *Elodie*, etc., 8 pl. par Schmit — Portraits et scènes. Ensemble 27 pièces.

PARIS

357. Les Boulevards, l'Avenue de l'Opéra et Rue de la Paix, 2 pl. gr. in-fol., par Ch. Franck, tirées en couleurs.

358. Vues diverses : Boulevards — Château-d'Eau — Bals publics, etc., 32 pièces.

PHOTOGRAPHIES

359. Portrait de Déjazet, avec envoi de l'actrice à Lhéritier, janvier 1858.

360 Portrait en pied de Mlle Keller, du Palais-Royal. Photographie rehaussée de gouache et d'aquarelle. Encadrée.

361. Portrait de Mlle Marie Leconte, de la Comédie Française dans un de ses rôles, avec dédicace de l'artiste à M. Péricaud.

362. Portrait de Mélingue, avec sa carte de visite gravée par lui-même en 1833. Sous-verre.

363. Portrait en pied de Mme Céline Montaland du Théâtre français, avec dédicace de l'artiste, 8 juin 1868. Encadrée.

364. Sardou entre Dailly et Barral dans leurs rôles de la pièce de " don Quichotte " avec dédicace de Dailly. Encadrée.

365. Portrait en buste de Mme Theresa avec dédicace de l'artiste à son amie Honorine. Encadrée.

366. Sous ce numéro seront vendues des photographies portraits d'acteurs dans divers rôles.

PORTE SAINT-MARTIN

367. Vue du Théâtre de la Porte St-Martin, par Gruguet, d'apr. Courvoisier. Belle épreuve, *coloriée.*

368. Vue du Théâtre de la porte Saint-Martin, 1829, par Boulon et Jaime. Très belle épreuve lithogr. Encadrée.

369. Vues du Théâtre de la Porte St-Martin, par Chapuy, d'apr. Garbizza, J. Arnout, etc., 5 pl.

370. Statue exécutée par M. Mélingue dans Benvenuto Cellini, lith. par Célestin Nanteuil. Belle épreuve sur chine.

371. *Mélingue by Gavarni in London 1848* (50 RRR). Mouillures — Melingue, 2 états. Ensemble 3 pièces.

372. Mélingue — Chilly — Fréderick Lemaître — Luguet — Chelles, etc. 18 dessins par Thomas, Lhéritier et autres, la plupart rehaussés d'aquarelle.

373. Mlle Delval, Charly, Luguet, etc. 10 dessins et aquarelles.

374. Coquelin aîné. Dessin, sanguine et fusain, par Ch. Lévy, 1902. Signé.

375. Décors du *Chevalier de Maison-Rouge*. Quatre dessins, crayon et fusain.

376. Scènes de *Catherine Howard*, la *Berline de l'Emigré*, *Marino Faliéro*, la *Tour de Nesle*, *Tragaldabas*, Château de Kenilworth, etc. 30 pièces par Mélinge, Bonhommé, Lecomte, Schmidt, etc.

377. Fréderic, rôle du Joueur — Fréderic Lemaître, rôle d'Edgar, par Millot — Bocage — Raucourt — Mazurier — Adèle Amand — Mathevet — Mme Dorval — Mélingue. Dix-huit pièces par L. Noël, E. Giraud, A. de Valmont, Cardon, Maleuvre, etc., plusieurs *coloriées*.

378. Costumes pour le *Pied de mouton*, 8 dessins par H. Ballue, rehaussés d'aquarelle et de gouache — Les *Chevaliers du Brouillard*, 2 dessins par H. L., Dame de Montsoreau, etc. Ensemble 19 dessins.

379. Portraits (Fréderick Lemaître, L. Péricaud, Potier, etc.), costumes, scènes, 23 dessins.

380. Actrices : Delval — Pierson — Cénau — Adèle Amand — Mme Adolphe — Valérie Klotz — Dorval, etc., 17 pièces par Gavarni, Dollet, etc.

381. Portraits et scènes diverses, 75 pièces.

382. Portraits, décors et scènes. 105 pièces, plusieurs *coloriées*.

PROGRAMMES

383. Programmes illustrés ou non, menus, cartes, etc. Environ 1100 pièces.

384. Pièces concernant le théâtre, 250 pièces environ en 1 album.

SIR JOHN FALSTAFF.

N° 389 du Catalogue.

385. Révolution Française : Papier monnaie, Comité de Salut Public, Ordre d'expulsion, passe-ports, police, pétitions, ordonnances concernant les Emigrés, etc. Environ 130 pièces.

SCALA

386. Costumes et travestis, 30 dessins aquarellés par G. Baril, Jolly, Job, Roby.

SICARDI

387. Pierrot qui se brûle — Arlequin égoïste et gourmand. Deux pièces par Mécou, *avant la lettre.*

THÉATRE ANGLAIS

388. Maison de Mme Garrick, à Hampton, par Guyot, d'apr. Wattis. Très belle épreuve, *imp. en couleurs.*

389. *Sir John Falstafl. vide, Merry Wives of Windsor*, par Tomkins, d'apr. Saunders, 1784. Belle épreuve, *tirée en sanguine.*

390. *Portraits of Mrs Orger, Miss Cubitt, Mr Munden & Mr Knight...*, par T. Lupton, d'apr. G. Clint, 1824. Belle épreuve.

391. Henderson, dans le rôle de Macbeth, par J. Jones, d'après Romney. Epreuve rehaussée. Encadrée.

392. *The Celebrated Pas de Quatre... danced at Her Majesty Theatre... 1845 — Carlotta Grisi, Marie Taglioni, Lucile Grahn et Fanny Cerrito.* Lith. par T. Maquire, d'apr. Chalon. Sur chine.

393. Mr Liston, dans divers rôles, 1824-1826. Vingt-et-une pièces. Très belles épreuves, *coloriées* — Mlle Cerrito, par Templeton, soit 22 pl.

394. The Duel between Sir Andrew Ague Cheek... par C. Knight, 1798 — M[r] Garrick... of Richard the III[d], d'apr. Hogath — The Clandestine Marriage, par H. Meyer, 1821 — M[r] Mathews, par H. Meyer, 1819 — J. P. Kemble, par H. Dawe — The Matthew, par T. Jones. Sept pièces.

395. *M[r] Powell and M[r] Bensley, in the Characters of King John and Hubert*, par V. Green.

396. *Blanchard, Liston and Matthews. in the Farce of Love...* par T. Lupton, d'apr. Clint, 1832. In-fol.

397. Types de comédiens, 12 pl., par Hugues et Blyth, d'apr. Mortimer, 1776-1782. Belles épreuves.

398. Acteurs anglais (Mr Gattie, Mrs Siddons, M. Kean, Miss Copeland, M. Cooper, etc.), 20 pl. par R. Cooper, 1822, d'apr. Sharp, de Wilde, F. Waldeck, etc. Très belles épreuves, *coloriées*.

399. Portraits, scènes, etc., 45 pièces diverses.

400. Portraits et scènes, 56 pièces, plusieurs *coloriées*.

401. Portraits et scènes, 70 planches.

THÉATRE D'AMSTERDAM

402. Incendie du Théâtre de la Comédie d'Amsterdam, 11 mai 1772. 4 pl. par Bogaerts. Très belles épreuves.

THEATRE ITALIEN

403. Mme Jullien, par Coutellier. Epreuve *imp. en couleurs*. Sans marges. Encadrée.

404. Joseph Menier (A Paris, chez Mondhare et Jean), épr. *imp. en couleurs*.

405. Vue du théâtre italien, par Roger, d'après Testard. Paris, chez Campion. Belle épreuve.

406. Mlle Lescot (portrait publié par Esnauts et Rapilly). Trois belles épreuves, une *avant la lettre.*

407. Personnages de la Comédie Italienne, 14 sujets sur 7 planches, par I. Wachsmutts. — (Chez Allard), suite de 10 pl. — Scaramouche. Ensemble 18 pièces. Belles épreuves.

408. Juliette et Judith Grisi, par A. Devéria. Sur chine.

409. Giulia et Carlotta Grisi. Cinq pièces in-fol., par Lane, F. C. Lewis, T. Maquire, Salabert, sur chine.

410. Eckerlin (Mme), par A. Devéria — Tamburini, par A. Devéria, Salabert, etc. — Malibran, par Grevedon, etc. Ensemble 8 pièces.

411. Tamburini — Rubini — Lablache. 5 dessins aquarellés.

412. Portraits et scènes : Mme Catalani — Giulia Grisi — Lablache — Tedesco — Tamburini, Marie Taglioni — Posta, etc., 27 pièces.

413. Arsenal de Venise, décor par Marino Faliero, lithie par Verardi — Mme Ristori, par A. Lacauchie. Neuf pièces.

414. Mlle Burette — Mlle Visentini — Mlle Colombe. Trois dessins aquarellés attribués à Martin.

415. Costumes pour *Anne de Boleyn*, la *Favorite*, *Hernani*, le *Trouvère*, 7 dessins par Alf. Albert, rehaussés d'aquarelle (sauf un).

416. Portraits, scènes et vues, 58 pièces.

THÉATRE ANCIEN DE LA FOIRE

417. Portraits, scènes et vues, 14 pl. anciennes et modernes.

THÉATRE DÉJAZET

418. Mlles Nelson, Nadine, Leriche, Mme Lemonnier, etc., dans le *Doigt dans l'Œil* et la *Closerie des Lilas*, 8 aquarelles, *signées.*

419. Mlles Detornoy, Clémentine, Berthe, MM. Raynard, Courtois, Geoffroy, etc. Quarante-cinq dessins aquarellés par Abel Brun, Em. Cohl, etc.

THÉATRE DES JEUNES ARTISTES

420. Théâtre des Jeunes Artistes. Dessin à la sépia, signé des initiales L. S.

THÉATRE DES NOUVEAUTÉS

421. Mlle Falcoz, par H. Grevedon. Belle épreuve, *coloriée.*

THÉATRE LYRIQUE

422. Portraits et scènes, 75 p.

THÉATRES St-ANTOINE et BEAUMARCHAIS

423. Portraits et sujets, 25 pièces.

THÉATRES ÉTRANGERS

424. Mrs Siddors, par Caroline Watson, d'apr. Pine. In-fol.

425. Scènes de Comédie — Charges, 29 pièces, en partie *coloriées* (Angleterre).

426. Portraits, scènes et vues relatifs à divers théâtres d'Allemagne, 42 pl.

427. Théâtres d'Italie et Théâtre Italien. 80 pl.

428. Vues des Théâtres de Varsovie, Vienne, Milan, Berlin, Aix-la-Chapelle, Venise, etc., 17 pièces.

429. Décors — Incendie du Théâtre Royal Italien, 1838, 13 pl.

430. Gazzancia-Malaspina — K. Evers. — C. Ruiz — G. Medori — Mme Ronzi de Begnis — N. Cémérova — C. Galetti, etc., 23 pièces.

431. Ernesto Rossi — Giac. Arnaud — Donzelli — Paolina Monti — Mariette-Alboni, etc., 13 pièces.

432. Place de l'Opéra à Berlin, par Meyer. Rare.

THÉATRES DIVERS

433. Vues de Théâtres et Salles de spectacles, 50 pièces diverses.

434. Correspondance Théâtrale de Perlet, 24 pl., plusieurs *avant la lettre*.

435. Monde dramatique, 51 pl., par Gavarni, Lassalle, Cazes, etc.

436. Acteurs et Actrices de divers théâtres : Opéra, Opéra-Comique, Porte Saint-Martin, Comédie Française, etc. 83 pl., par Chatinière, Hadol, etc., *coloriées* (Martinet édit.).

437. Costumes et travestissements pour divers théâtres, 75 dessins en partie rehaussés d'aquarelle.

438. Costumes et Travestissements, 20 dessins par Cledat, Draner, L. Dien et autres, la plupart rehaussés d'aquarelle.

439. Costumes et travestis, 36 dessins rehaussés d'aquarelle, par Alf. Albert, Gobin et autres.

440. Costumes et Travestis, 96 dessins ou croquis, par Thomas, A. Darjou, Lacoste, Alf. Albert, Clédat, H. Gray et autres.

441. Costumes et travestis de divers théâtres : Menus-Plaisirs, Bobino, Délassements-Comiques, Athénée, etc., 37 dessins rehaussés d'aquarelle.

442. Portraits et scènes relatifs à divers théâtres, environ 100 pièces.

443. Environ 250 pièces relatives au théâtre, extraites de revues et journaux illustrés, en 1 album.

444. Portraits, scènes diverses, curiosités, 53 pièces.

445. Scènes diverses, curiosités, 28 pièces, en partie *coloriées.*

446. Portraits, scènes diverses, curiosités, 43 pièces.

447. Portraits, scènes diverses, curiosités, 35 pièces.

448. Portraits, Costumes et Travestis, 50 dessins, la plupart rehaussés d'aquarelle.

449. Costumes, travestis, portraits, 70 dessins ou croquis, en partie rehaussés d'aquarelle.

450. Costumes et travestis, 64 dessins et croquis, en partie rehaussés d'aquarelle.

451. Acteurs : Lablache — P. Legrand — P. Laujon — Mazurier — Ballande — E. Nourrit — Perlet — Tamburini, etc., 34 pl.

452. Talma — Daubray — Bernard Léon — Prudent — Heuzey — Montrose — Pierron, etc. — Isouard — Borssat — Thevenard — Derives — Nourrit — Dumaine — Lablache — Litolff, etc. Environ 50 pièces.

453. Portraits d'actrices : Pasta — Anna Tillon — Ristori — Bosio — Alboni — Cruvelli — Doche — Mme Brohan — Pradher, etc., 34 pièces.

454. Garcia — P[e] Leroux — L[se] Pierson — Anaïs Fargueil — Mlle Sontag — Alboni — Tedesco —

Meric-Lalande — Pasta — Ristori — Raimbaux — Malibran — Heilbron — Sontag — Fay — Garcia, etc. Environ 50 pièces.

455. Portraits d'actrices : Mme Catalani — Mlle Falcon — Pauline Granger — Tedesco — Mlle Sontag — Marie Stephan — Mlle Bigottini, etc., 14 pièces par Grevedon, Singry, Alophe, etc.

456. Costumes, travestis, portraits, 60 dessins ou croquis, par Clédat et autres, en partie rehaussés d'aquarelle.

457. Acteurs et actrices divers, costumes et travestissements, 80 dessins, la plupart aquarellés.

458. Costumes et travestis, 102 dessins ou croquis, la plupart rehaussés d'aquarelle.

459. Costumes et acteurs et actrices, 83 dessins ou croquis, en partie rehaussés d'aquarelle.

460. Portraits d'acteurs et d'actrices des Théâtres des Nouveautés, Château-d'Eau, Belleville, Ancien Théâtre, etc., 20 dessins, en partie rehaussés d'aquarelle.

461. Charges d'acteurs et d'actrices (Théâtre des Bouffes Parisiens, Alcazar d'Eté, etc.) 40 dessins ou croquis.

462. Actrices : C. Grisi — Mlle Mars — Mme Vestris — Th. et Fanny Essler — Mme Catalani, etc., 75 pl.

463. Scènes de théâtre, 39 pl. par V. Adam, A. Lamy, L. Loire, etc., la plupart avant la lettre.

464. Décors de théâtre, 84 pièces anciennes et modernes.

465. *Carjat.* Portraits-Charges en pied de *Merly* (Opéra) — *Faure* (Opéra-Comique) — Lafferrière (Odéon) — Marchand et René Luguet (Porte Saint-Martin) — Dumaine (Ambigu) — Lesueur

(Gymnase) — Lassagne (Variétés) — Darcier, Gaston, René Luguet. 11 Lithogr.

466. « Nouveau Théâtre de Perspective ». Affiche ancienne, encadrée.

VARIÉTÉS

467. Rempailleur de Chaises (Tiercelin), par Debucourt, d'apr. C. Vernet, épreuve *coloriée*.

469. Les Montagnes russes, ou la Promenade à la Mode — Ses Moustaches font peur aux Chats! — Les Bolivars et les Morillos — La Petite Cendrillon — Façades du Théâtre — Costumes. Neuf pièces coloriées et une aquarelle, par E. Bouvenne et autres.

470. Brunet, rôle de Cendrillon et Mlle Pauline, rôle de la Fée Minette (chez Martinet) *coloriée* — Nous jurons de faire baisser la toile — Costumes de Potier et de Bosquier-Gavaudan — Baunet, Potier, M. et Mme Moreau — Théâtre des Variétés, par Neé, Anaïs Fargueil, épr. *avec dédicace*, etc. Huit pièces.

471. Arnal — Legrand — Fleury — Tiercelin — Odry — Mme Vautrin — Vernet — Potier — Blondin, etc., 19 pl. par Jules Vernet. Belles épreuves.

472. Leclère — Potier — Tiercelin — Lepeintre — Vernet, etc., 21 pièces, la plupart *coloriées*.

473. Leclère — Lepeintre aîné — Arnal — Madeleine Brohan — Tiercelin, etc., 30 pièces par J. Vernet, A. de Malécy, Joly, etc.

474. Portraits, sujets divers, vues, 97 pièces diverses.

475. Portraits et scènes, 92 pièces.

476. Esthers de Bongars, par Maurin — Tiercelin — Odry — Lepeintre jeune, etc., 15 pièces.

477. Gargantua aux Variétés, épr. *coloriée.*

478. Philippe — Joly — Vertpré — Mme Doche — Sophie Belmont, etc., 38 estampes et dessins.

479. Mme Thénard — Mlle Willmen — Joly — Mlle Clara — Mme Dussert-Fontenay — Eugénie Doche — Mme Perrin — Mme Durand — Bardou — Philippe — Sophie Belmont — Mme Perrin, dans la *Somnambule*, etc. Vingt pièces par H. Lecomte, L. Noël, Joly, A. Godefroy, etc., la plupart *coloriées.*

480. Portraits, scènes et vues, 92 pièces.

481. Cendrillon — Les Montagnes russes au Vaudeville — Lepeintre et Brunet, dans M. Lerond, 5 pl., par A. Garnerey, etc. (4 coloriées).

482. Compositeurs et auteurs dramatiques, 80 pièces.

DIVERS

483. Charlotte Desmares, par Lépicié — Catherine de Seine, par Lépicié — Mlle Pelissier, par Daublé. Trois pièces. Tirage de Marel.

484. Acteurs et actrices, scènes diverses, 60 pièces.

485. Sous ce N°, il sera vendu plusieurs actes sur parchemin.

486. Mme Vestris, par Cooper et W. D. — A. Bruant, par Desboutein — Mme Catalani — Mlle Sontag — Mme Grevadon, 6 pl. par H. Grevedon, etc., 3 *coloriées.*

487. Vue perspective de la Place Gralin et de la Nouvelle Comédie (Nantes), par Descourtis — Vue perspective de la salle de spectacle de Bordeaux. Deux pièces. Belles épreuves.

488. Mlle Colombe l'aînée, par Patas. Belle épreuve.

489. Le Café des Comédiens (chez Martinet). Epreuve *coloriée.*

490. Lola Montès, C^sse de Landsfeld, par Vogt, in-fol., avec rehauts, sur chine.

491. Mlle Rosevol, par Malet. Au crayon noir, rehauts de craie. Signé.

492. Mlle Julie Rigolot, par Malet. Au crayon noir, rehauts de craie. Signé.

493. Seguin, par Malet. Au crayon noir. Signé.

494. Coquelin aîné récitant un monologue. DESSIN A LA PLUME, par Jean Béraud, *signé.* Encadré.

495. Potier, rôles de Riquet à la Houppe, de M. Blouze, du Chiffonnier, 5 pièces.

ALBONI (Marietta)

496. Son portrait en pied. Important pastel. Encadré.
H. 0,63. L. 0,47.

497. Incendie de la Cathédrale de Strasbourg.

498. Sous ce numéro, il sera vendu des pièces non cataloguées.

IMPRIMERIE

FRAZIER-SOYE

153-155-157, Rue Montmartre

PARIS

RED. :

20

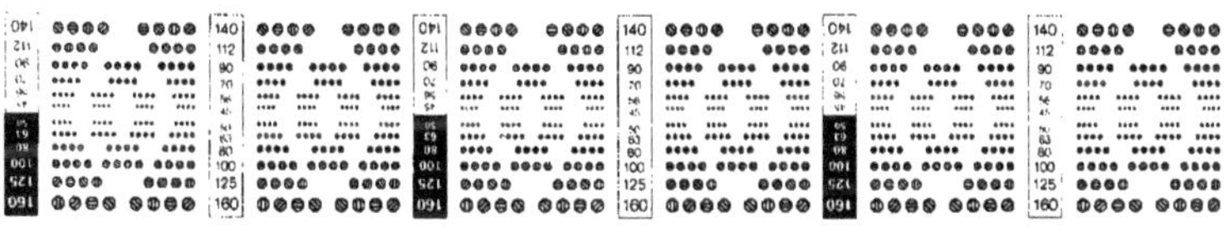

3/98970
graphicom

MIRE ISO N° 1
NF Z 43-007
AFNOR
Cedex 7 - 92080 PARIS-LA-DEFENSE

0 1 2 3 4 5 6 7 8 9 10

www.ingramcontent.com/pod-product-compliance
Ingram Content Group UK Ltd.
Pitfield, Milton Keynes, MK11 3LW, UK
UKHW020432180726
13839UKWH00003B/1443

9 782329 316390